AF259581

27
L,n 16500.

ALLOCUTION

ADRESSÉE

A M. ALBERT PORCHÉ

ET

A Mlle CLÉMENTINE BANÈS

LE 15 JUIN 1861

AU MOMENT DE BÉNIR LEUR UNION

PAR M. L'ABBÉ BALME

DU CLERGÉ DE PARIS

Aumônier du Pensionnat Notre-Dame, à Courbevoie.

———o⊶o⊷o———

PARIS

IMPRIMERIE CENTRALE DE NAPOLÉON CHAIX ET Ce

Rue Bergère, 20.

1861

ALLOCUTION

ADRESSÉE

A M. ALBERT PORCHÉ ET A Mlle CLÉMENTINE BANÈS

LE 15 JUIN 1861

AU MOMENT DE BÉNIR LEUR UNION.

———❦———

MON CHER FRÈRE ET MA CHÈRE SŒUR,

S'il est un engagement parmi les hommes où Dieu doive intervenir pour lui imprimer un caractère de grandeur et de sainteté, c'est bien celui qui sert de base à la société conjugale, la première et la plus ancienne de toutes les sociétés. Aussi, tout est grand et solennel dans la consécration des époux : la foi qui les engage, la perpétuité du lien qui les unit, les témoins qui les environnent, le voile mystérieux qui les couvre, les saints autels dépositaires de leurs serments ; tout leur dit qu'ils prennent sur eux un joug sacré qu'ils s'engagent à porter jusqu'au terme de leur vie.

Mais, à ces considérations si imposantes par elles-mêmes, s'ajoute pour nous une considération particulière qui nous pénètre d'une douce et profonde émotion. Ce qui parle à notre cœur, ce qui nous touche en ce moment, c'est la présence de toute une honorable famille à laquelle nous unissent les doux liens de l'amitié ; c'est la présence d'un père et d'une mère qui viennent au pied des autels faire le sacrifice d'un enfant chéri, le dernier objet de leur tendresse ; c'est la présence d'une jeune fille que Dieu nous confia le soin de diriger dans les voies de la piété et de la vertu...

Ah ! c'est avec une sollicitude particulière que nous nous posons pour elle et pour le jeune compagnon de sa vie ce grave problème de l'avenir. Seront-ils heureux, ces jeunes époux?... Jouiront-ils longtemps des grâces et des bénédictions dont Dieu se plaît à les combler aujourd'hui? Telle est la question que nous nous adressons au fond de notre cœur; c'est aussi celle que s'adressent en ce moment les nombreux témoins de cette pieuse cérémonie ; c'est la question que vous vous adressez vous-mêmes, époux chrétiens, sur le point de vous lier par un solennel et irrévocable engagement... Souffrez donc que nous essayions de la résoudre devant vous.

Tous les hommes sont désireux du bonheur, et l'on peut dire que leur vie entière se passe à le poursuivre. Mais, hélas ! bien peu parviennent à l'atteindre. Comme un mirage trompeur, comme nn fantôme insaisissable, il leur échappe toujours au moment où ils croient être plus certains de le posséder : il ne leur reste souvent, pour prix de leurs efforts, que de tristes mécomptes, que de cruels désenchantements, que d'inutiles regrets.

C'est surtout à l'époque décisive où vous vous trouvez que les hommes ont la prétention d'inaugurer une ère fortunée, et c'est alors aussi, il faut bien le reconnaître, que beaucoup sont le jouet d'une funeste illusion. Chacun des époux, en entrant dans le difficile état du mariage, y cherche trop son propre bonheur, et ne se préoccupe pas assez du bonheur de l'autre. Des deux côtés, on stipule la perfection à son profit, et l'on ne songe pas même à se demander ce que l'on apporte soi-même de perfection pour la félicité commune. De part et d'autre on veut le bonheur tout fait, et l'on a la prétention de le goûter sans qu'il en coûte rien. C'est là une grande erreur. Comme le fond de tous ces calculs est l'égoïsme, on se dispute le bonheur comme une proie : c'est à qui en aura plus pour lui, et par conséquent à qui en laissera le moins à l'autre, et le plus souvent, dans ce conflit d'exigences déraisonnables, le bonheur s'enfuit et disparaît pour ne plus jamais revenir.

Il en serait autrement si chacun des époux consentait à s'oublier lui-même et s'en remettait entièrement à l'autre du soin de son propre bonheur, si chacun apportait à se réformer tout le zèle qu'il met à vouloir réformer... Cette abnégation de soi-même, dont la religion chrétienne a seule le secret, deviendrait pour le jeune ménage une source inépuisable de mutuels dévouements, d'attentions délicates, d'ingénieuses prévenances, dont l'effet serait de provoquer un continuel échange des plus tendres sentiments... Heureux, mille fois heureux les époux dont l'alliance se trouve basée sur un si noble désintéressement, et qui ne connaissent entre eux d'autre lutte que celle qui consiste à ne se laisser jamais surpasser en générosité.

Toutefois, nous aimons à le proclamer à l'honneur des femmes, le bonheur semble dépendre plus particulièrement d'elles : elles le tiennent pour ainsi dire entre leurs mains : jeunes filles, épouses ou mères, elles ont le privilége de contribuer au bonheur de tout ce qui les entoure.

Mais, qu'elles ne s'y trompent pas, pour être à la hauteur d'une si noble destinée, pour exercer une si glorieuse puissance, ce n'est pas assez des dons de la fortune, de quelques qualités naturelles, de quelques agréments extérieurs : chacune de ces choses et toutes ces choses réunies ne sont propres qu'à développer dans une femme les instincts les plus préjudiciables au bonheur domestique. Divinité égoïste, aussi insensible que ce dieu de l'antiquité auquel on immolait des enfants, il lui faut des cœurs pour les torturer, des existences paisibles pour les troubler ; elle se sent d'autant plus heureuse que ses victimes le sont moins, et qu'elles se débattent plus cruellement dans les angoisses du désespoir. Un tel être ne mérite pas le nom de femme, il est indigne de porter le titre d'épouse et de mère.

Mais quelle est la femme vraiment digne de ce nom ?... Quelle est celle qui exerce sur le cœur de son mari cette douce influence à la fois consolante et sanctifiante qui purifie et qui encourage? Ah! n'en doutez pas, la femme vraiment digne de servir de compagne à l'homme, d'être son appui, son ange consolateur, c'est la femme chrétienne, c'est la femme régénérée par la piété, sanctifiée par la grâce... Plus le cœur d'une femme est uni à Dieu, plus elle participe de la puissance divine pour faire le bien, plus elle remplit dignement cette haute magistrature qui consiste à faire bénir Dieu, en étant l'instrument de ses bienfaits. Oui, en dépit de tous les préjugés, ce n'est qu'à la condition d'entretenir un saint commerce avec le ciel qu'une femme peut prétendre à l'honneur de faire quelque bien sur la terre.

A ces traits, mon cher frère, vous avez déjà reconnu la jeune fille que Dieu vous donne aujourd'hui pour compagne... C'est un des caractères admirables de la bonté de Dieu sur ses créatures de les préparer providentiellement à la destinée qu'elles doivent avoir un jour, et quand des femmes donnent au monde le spectacle consolant de quelque rare vertu, de quelque grande résignation, de quelque dévouement héroïque, il serait facile de trouver le germe de ces précieuses dispositions dans quelque faveur divine dont elles furent l'objet alors qu'elles ne pouvaient ni l'apprécier ni en soupçonner les avantages.

C'est ainsi, mon cher frère, que Dieu préparait en secret le cœur de cette jeune fille au double dévouement qu'il lui demande aujourd'hui, en l'appelant à combler le vide immense qu'une sainte femme a laissé après elle. C'est pour cela qu'il l'a fait naître de parents aussi distingués par l'élévation de leurs sentiments que par la simplicité de leurs mœurs; c'est pour cela qu'il confia sa première enfance à la sage direction de la plus tendre et de la plus dévouée des mères; c'est pour cela qu'il a permis qu'elle passât trois années de sa vie entre les mains de pieuses institutrices qui ont le merveilleux secret de former des jeunes filles soumises, des épouses chrétiennes, des mères dévouées.

Telles sont, mon cher frère, les chances de bonheur que renferme pour vous l'alliance que vous contractez, et ce ne sont pas là, comme vous le voyez, de vaines garanties.

Si vous étiez trompé un jour, ce ne pourrait être que sur la somme de bonheur qui dépassera encore celui que vous vous promettez.

Toutefois, mon cher frère, c'est à la condition que vous conserverez avec un saint respect dans votre jeune épouse les précieux sentiments dont elle est enrichie. Le jour, croyez-le bien, où son cœur viendrait à rompre avec Dieu; le jour où vous la forceriez à rougir de la piété, et où elle se croirait obligée de se cacher pour en remplir les saintes pratiques, ah! ce jour-là, vous pourriez à bon droit regarder votre bonheur comme gravement compromis.

Vous n'aurez garde, sans doute, de commettre une erreur aussi préjudiciable : nous en avons le sûr garant dans les motifs qui vous ont guidé dans le choix de votre jeune compagne, dans les exemples d'un père respectable à l'ombre duquel se développa votre jeunesse, dans l'image vénérée d'une pieuse mère qui trouvait une douce compensation à ses souffrances dans les bénédictions que ses prières attiraient sur son fils bien-aimé... Et sous ce rapport, je ne serai pas téméraire en pensant qu'elle n'est pas étrangère à la faveur que Dieu vous accorde aujourd'hui d'entrer dans une honorable famille où vous trouverez une autre mère si capable par sa piété de vous rappeler celle que vous avez perdue, des sœurs si dignes comme épouses et comme mères de servir de modèles à votre jeune compagne ; un second père dont l'affabilité et l'élévation de caractère sont si propres à exciter votre sympathie et votre respect.

Oui, la carrière administrative a, comme celle des armes, sa noblesse et sa gloire : l'honneur dans les affaires a, comme la religion, de saintes austérités qui sont l'apanage des âmes d'élite, et qui se conservent dans les familles comme un glorieux patrimoine. Heureux les pères qui peuvent léguer ainsi à leurs enfants un si précieux héritage !... Heureux les enfants qui ont à continuer de si honorables traditions !

Telle est, mon cher frère, la tâche qui vous est réservée, et que Dieu vous rend aujourd'hui plus facile, en vous unissant à une jeune épouse dont la piété et les vertus ne manqueront pas d'attirer sur vous toutes sortes de bénédictions célestes.

Élevons maintenant, nos très-chers frères, élevons nos voix et nos cœurs vers celui de qui vient tout don parfait. Joignez vos prières aux nôtres, parents si chers, amis si dévoués que cette touchante solennité rassemble en ce moment.

Demandons à Dieu qu'il couvre toute leur vie ces jeunes époux de sa divine protection, qu'il les préserve de tout danger dans le voyage périlleux de ce monde ; qu'après leur avoir fait goûter sur la terre le bonheur attaché au fidèle accomplissement de sa loi, il leur accorde celui de se trouver réunis dans le ciel pendant toute l'éternité. Ainsi soit-il.